사는 게
낯설 때

아이러니를 알고 삶에 대응하기

사는 게 낯설 때

아이러니를 알고 삶에 대응하기

초판 1쇄 발행 ┃ 2024년 1월 10일

지은이 ┃ 정민규(루카스 제이 Lukas C. Jay)
발행인 ┃ 정민규

편　집 ┃ 정민규
디자인 ┃ 김동광

발행처 ┃ 또또규리
출판등록 ┃ 2020년 7월 1일 (제409-2020-000031호)
이메일 ┃ aiminlove@naver.com
유튜브 ┃ @ttottokyuri
인스타 ┃ @ttottokyuri
홈페이지 ┃ https://blog.naver.com/ttottokyuri

ISBN 979-11-92589-67-1 (03810)

사는 게
낯설 때

아이러니를 알고 삶에 대응하기

정민규(루카스 제이) 지음

또또규리

모든 것 하나님께

감사드립니다.

사랑하는

혜시스터즈(인혜, 혜민, 혜리)에게

고마움을 전합니다.

차 례

IRONY

사는 게
낯설 때

인간사는 참 아이러니(irony)투성이다. 어찌 보면 인간이 아이러니하고, 인생이 아이러니하다.

아이러니란 무엇인가?

아이러니

예상 밖의 결과가 빚은 모순이나 부조화(출처: 표준국어대사전. 이하 단어의 정의는 모두 표준국어대사전에서 가져옴.)

이런 모순(矛盾: 말이나 행동 또는 사실의 앞뒤가 서로 맞지 않음), 이런 부조화(不調和)는 안타까운 일이지만, 이 같은 아이러니를 일상에서 느끼고 깨닫게 되면 우리가 진짜로 해야 할 일이 무엇인지 발견하게 된다.

아이러니의 이유를 묻고 답하는 것이다. 이 질문, 그 대답이 나아짐, 나아감의 시작이다.

사는 게 낯설 때가 온다. 방향을 전환해야 할 때다. 이때 삶과 사람을 아이러니의 관점으로 볼 줄 알아야 한다. 아이러니를 알고 삶에 대응하는 것이다.

〈사는 게 낯설 때〉에서는 순간순간 삶에서 아이러니로 다가온 현상들을 살펴본다. 현상을 다른 시선으로 바라볼 때 변화를 모색해 볼 수 있다. 어쩌면 아이러니는 인간 세상의 제일 주요한 특징일 수 있다. 인간이, 인생이 모순투성이니.

그 숱한 모순 속에서 일상의 통찰을 할 수 있게 되기를 바란다. 그리고 그 통찰을 삶에 적용할 수 있게 되기를 희망한다.

그럼 지금부터 이 책을 통해 삶의 아이러니함을 느끼고 깨닫고 그것을 통해 중심(中心)을 알고 실제로 내 삶에서 중심을 잡아 가며 살아 보자.

총량의 법칙

추정해 본다. '총량(總量)의 법칙'이 있지 않을까.

예를 들어 옷에 관심이 없던 사람이 옷에 관심이 생기면 어
느 정도 선까지 관심을 갖게 될까? 그동안 못 했던 만큼.

다른 예로, 유년기에 떼를 쓸 나이에 떼를 쓰지 않았거나 못
했다면? 청소년기나 성인기에 무슨 식으로든 떼를 쓰게 된
다. 즉, '떼'에도 총량이 있다는 해석이 가능하다.

가정에서 스트레스를 받은 사람은 만약 가정 내에서 그것을
해결하지 못했다면 밖에서 그 스트레스를 무슨 방식으로든
표출하게 되어 있다.

이것은 달리 말하면 '사람마다 그에 맞는 때가 있다'는 말일 수 있으니 때에 맞게 자신이 할 것을 하면서 사는 게 어떨지.

각 사람이 제때 제때 자신만의 '그 때'를 살면서 정말 그때 그때 겪어야 할 것들을 겪고, 알아야 할 것들을 알게 된다면 좋을 텐데…….

하지만 대개의 사람들이 '그 때'가 지나고 나서 나중에야 겪게 되고 알게 되니 그 나중의 시간만이라도 인생에서 앞당겨지도록 할 수 있다면 좋겠다.

그것을 위해서는 지각(知覺: 사물의 이치나 도리를 분별하는 능력)과 감각(感覺: 감각 기관을 통하여 바깥의 어떤 자극을 알아차리는 능력)의 향상이 필요하리라.

빈 수레

속담 중에는 날카로운 것이 꽤 많다.

'빈 수레가 요란하다.'
'벼는 익을수록 고개를 숙인다.'

이런 속담이 그렇다.

빈 수레는 가볍고 시끄럽다.
잘 익은 벼는 이삭이 무거워 절로 고개를 숙이게 된다.

경박(輕薄)한 자는 소란스럽고,
배운 자는 겸손하다.

경박하다

언행이 신중하지 못하고 가볍다.

내 입에서 말이 많이 나오고 있고, 내 주장을 하느라 바쁘다면 나는 '빈 수레'에 가까울 것이다.

그리고 만약 내가 고개를 빳빳이 들고 중심이 없이 이리저리 몸을 흔들고 있다면 나는 '설익은 벼'일 것이다.

비어 있는 것이 요란하고,
채워 있는 것이 조용하다.

비어 있는 자가 교만하고,
채워 있는 자가 겸손하다.

아이러니한 진실이다.
우리 마음이 그렇다.

이 아이러니한 진실을 숨기지 못하고 드러내는 것이 인간의 마음이다.

모델

나는 과거에 패션 문외한에 거의 셔츠 두 벌, 바지 두 벌로 회사에 다녔다. 그랬던 내가 최근 온라인 패션 스토어 무신사의 골드 등급이 되다니.
골드 등급이 되었다고 패션 센스도 금메달급은 아니겠지만.

40대에 뒤늦게 눈뜬 패션을 학업하다시피 배우느라 온라인 스토어의 카테고리인 랭킹, 클리어런스, 코디 등을 한동안 주시했다.

패션 문외한이었던 사람치고는 적지 않은 돈을 투자했지만, 그래도 가성비 좋은 옷들을 구매해서 만족스러운 측면이 더 크다. 옷은 여러 가지를 입어 보아야 스타일을 알 수 있기도 하고.

모델들이 스타일별로 옷을 입은 사진과 동영상을 올리는 무신사의 코디숍이라는 서비스를 통해 다양한 옷을 살펴보면서 느낀다.

'아, 옷이 정말 잘 받네.'

그리고 모델의 키와 몸무게를 확인해 본다.

184cm / 65kg

나와는 거리가 있는 이 수치.

비현실적이다.

그런데 나는 이 모델들이 입은 모습을 보고 옷을 사네. 아이러니하다.

물론 무신사의 커다란 성장 뒤에는 각 회원들이 자신의 키와 몸무게를 공개하며 찍어 올린 사진이 있다. 이게 현실이다.

그리고 이것이 내가 무신사에서 주로 옷을 사는 이유이다.

그 옷의 현실을 알 수 있어서.

키와 몸무게가 비현실적인 모델들을 찍어 놓은 사진은 빛과 각도 등 촬영 기술도 들어가서 더욱 비현실적이기도 한데, 일반인은 대부분 그냥 꾸밈없이 현실을 찍어 올린다.

다행히 모델계에서는 갈수록 현실을 반영한다. 빅 사이즈 옷이 맞는 체격 있는 모델들도 진작에 생겨났고, 한국인 평균 키 정도의 모델들도 활동을 많이 한다. 무신사의 코디숍에도 너무 키가 크지 않은 모델들이 늘어나고 있다.

그렇지만 대체로 몸무게는 아직도 많이 비현실적인 것 같기는 하다. 특히 나이와 키를 입력하면 표준체중계산기로 알 수 있는 '표준체중'이 그렇다. 이것이 우리로 하여금 자꾸 다이어트 욕구를 부르는 걸까.

이보다 심한 게 있으니 인터넷에 떠도는 '미용 몸무게'다. 이건 굉장히 심한 저체중에 가깝다.

다행히 이런 실제적이지 않은 현실을 고려하여 삼성서울병원에서 '건강한 체중표'를 내놓았다. 키에 따른 적정 체중을 보면 확실히 실제적이다. 나의 경우 이 '건강한 체중표'에 따르자면 적정 체중 범위 안에 들어온다. 단지 마른 것보다는 적정 체중을 유지하면서 적절히 근육을 만드는 게 건강에도, 보기에도 좋은 것 같다.

'건강한 체중표'가 나왔음에도 그럼에도 여전히 체중계에 몸을 실으면 살을 빼야 할 것 같은 이 매일의 기분은 뭐지…….

마음을 강하게 하는 법

마음을 강하게 갖는 가장 좋은 방법은,

마음을 가지지 않는 것이다.

인간은 평소 고난에 노출되어 있어야

근본이 강해진다.

그리고 좋은 게 얼마나 좋은 건지 알게 된다.

인간은 '하는 것'으로 혁명을 이루지만

'안 하는 것'으로 구원받는다.

- 〈고독한 밤에 호루라기를 불어라〉, 이응준 지음

사람 마음이 그렇다.

약하고 악하다.

내가 본성이 그렇다고 시인하면

나를 내려놓게 된다.
나로서는 안 되는구나, 한다.

이웅준 작가의 '안 하는 것으로 구원받는다'는 말은
부족하고 연약한 인간에게는
축복이 되는 말이다.

우리는 자기 자신에 대한,
그리고 고난에 대한
바른 관점이 필요한 존재다.

이를 위해 나 중심의 사고가
꺾여야 하는 것은 필수.

이제 나 중심에서 벗어난
새로운 관점의 적용 수준을 높여 나갈 때
인생이 앞으로 앞으로 나아간다.

상식

상식이란 것이 항상 통용되는 것은 아니다. 사람마다 상식의 기준이 다를 수 있기 때문이다.

비트겐슈타인은 "철학가란 건강한 상식을 얻기 위해서 먼저 자기 안에 박혀 있는 여러 가지 지성의 병을 고쳐야만 하는 사람을 말한다."고 했는데, 이처럼 상식은 한 개인에게서도 변화할 수 있는 것으로 지속적 점검 대상이라 할 수 있을 것이다. 상식은 서로 다를 수 있고, 개인도 상식이 바뀔 수 있는 것이다.

그래서 가수 양희은이 〈그러라 그래〉라는 자신의 에세이집에서 "그러라 그래"라고 했나 보다. 경험과 이해가 다르니 상식의 폭 또는 상식 자체가 다를 수밖에.

양희은의 두 번째 에세이집의 제목은 〈그럴 수 있어〉다. '그러라 그래'든 '그럴 수 있어'든 여유 있는 사람의 마음이고 대사다.

맞다. 나 역시 요즘은 사람 관계 시에 이 두 마디면 웬만한 건 다 원만히 넘어가는 것 같다는 생각을 하고 산다.

"그럴 수 있지."
"그러라 그래."

(이런 생각을 시작하기는 했지만, 대인관계 시에 대화가 나와 맞지 않거나 내가 그 사람과의 대화를 원치 않을 때 감정까지 차분해지는 경지에는 오르지 못했다. 이것은 이성과 감성 사이의 아이러니라고 할까. 그리고 사람은 나이가 들수록 더 감성적으로 되는 것 같다.)

물론 아직 나는 '그러라 그래'와 '그럴 수 있어'의 초창기라 실천은 잘 안 되지만, 일단 이 생각을 내 머릿속, 내 마음속에 장착부터 하려고 한다. 그래야 남도 이해하고 나도 상처를 받지 않을 수 있으니.

이에 대해 좀 더 생각해 보자.

'그럴 수 있지'는 이해의 폭을 넓혀 보는 것이다. 이해해 보는 것이다. 말로 "그럴 수 있지" 해 보는 것도 좋다. 그러면 내 속이 넓어지는 기분이 든다. 이런 기분이 자주 들면서 우리 마음이 넓어지는 것이 아닐는지.

'그러라 그래'는 내 머리, 내 가슴으로는 이해가 안 되는 경우에 해당한다. 그러나 내가 그런 사람 때문에 스트레스 받고 상처 받을 것 있나. 말로 "그러라 그래" 해 보는 것도 좋다. 그러면 내 속이 편해지는 게 느껴진다. 이런 느낌이 자주 들면서 우리가 어디에 누구와 있든 속이 점점 더 편해지는 것이 아닐까.

누구를 미워하는 것이 아니라, 차라리 그를 긍휼히 여기는 길을 택하는 것이 낫다.

그리고 내가 그 사람의 환경과 상황과 경험과 생각을 아는 것이 아니니 판단을 함부로 할 수 있나.

상식(常識)은 일반성을 강조하는 말이지만, 이 상식이란 것이 저마다 다를 수 있다는 사실은 아이러니하다.

아래 상식의 정의를 참고할 것.

상식(常識)

사람들이 보통 알고 있거나 알아야 하는 지식. 일반적 견문과 함께 이해력, 판단력, 사리 분별 따위가 포함된다.

엄격함 & 유연함

엄격하면
오히려 안 된다.
유연하면 잘된다.

남에게도
나에게도
마찬가지.

네모가 아니라
동그라미로
살아야 하는 까닭.

대화

한 가지 주제로 계속 얘기하면 대화가 잘되고 심화될 것 같지만, 서로 피곤해지고 강퍅해지는 경우가 있다.
또한 대화를 하다 보면 대화하는 양이 서로 균형이 맞는다거나 대화가 서로 조화를 이루는 일이 많지 않은 것 같다.

말하기를 좋아하는 사람이 아무래도 대화를 주도한다. 그런데 주로 듣는 사람 입장에서는 듣는 데도 한계가 있다. 대화가 피곤해지는 때다.
이럴 때는 차라리 유머를 던지거나 화제를 바꾸거나 화자를 바꾸면 대화가 잘 풀려 나가기도 한다.

행동 & 생각

보통 '생각을 바꾸면 행동이 바뀐다'고 하지만, 반대도 가능하다. 행동을 바꾸면 생각이 바뀌는 것이다.

여기서 '행동'은 움직임뿐 아니라 환경, 장소, 상황, 분위기 따위를 포함한다. 표정이나 옷도 포함된다. 삶에서 이런 노하우는 매우 중요해 보인다.

예를 들면 기분 전환을 위해 산책을 하면서 나의 생각이 바뀌어 갈 수 있지 않나.
혹은 일할 때 뭔가 결정을 해야 한다면 모니터에서 벗어나 밖에 나가고, 키보드에서 손을 떼고 메모장을 들고 돌아다녀 보고.

그러니 '생각 전환 그다음 행동 전환', 이런 식으로 변화에 대해 고정적인 패턴으로 인식하고 있지 않아도 된다.

행동하기 위해 생각하고, 생각하기 위해 행동하라.

- 앙리 베르그손

나이의 역설

어른다운 어른이 드문 이유.

나이가 들수록 다양한 사람이 존재한다는 것을 알아야 하는데, 오히려 다양성을 더 인정하지 못하게 되기 때문 아닐까.

삶의 나이테가 한 줄 한 줄 더 그어질수록 이해의 폭은 도리어 좁아진다. 갈수록 완고해진다. 이념과 사상, 사고 체계 같은 것으로 가면 더욱더 심해지고.

이런 데서 오는 편협함과 완고함이 '나이의 역설'일 것이다.

대부분의 사람들이 이렇다는 것이 안타까운 현실이다. 나 역시도 이 늪에 빠지지 않기 위해 인식 능력을 키워야 한다.

그러고 보면 나이로 무엇을 따지는 것 자체가 아이러니하다.
나이가 있다고 가치관이 괜찮은 건 아니잖나.

남의 하루를 평가하려면 나의 평생을 걸 수 있어야 한다.
남을 비판할 때 보이는 모습이 나의 진정한 품격이다.

- 〈다산, 어른의 하루〉, 조윤제 지음, 윤연화 그림

안정

안정의 역설. 안정을 추구하면 위험해지고, 위험을 추구하면 안정된다.

안정 추구형 인간 vs. 성취 지향형 인간.

오히려 인간과 인생, 세상의 불안정함을 인정하고 위험을 감수하며 모험을 택할 때 인생의 변화를 이룰 수 있다는 사실.

아, 이걸 모르고 계속 안정을 추구하다니…….

불안정을 인정하고, 도전하고, 즐기고, 성취해야 하는 거구나. 그게 인생이구나.

소 잃고 외양간
고쳐야 한다

그럼 소 잃고
외양간 고치지
말란 말인가.

살다 보면
소를 잃게
되어 있는데.

작심삼일

'작심삼일(作心三日)'은 인간의 마음을 고스란히 나타내는 것일 수 있다. 일희일비(一喜一悲)하는 인간의 마음. 왔다 갔다, 이랬다 저랬다 하는 인간의 마음.

이런 인간의 연약함과 변덕스러움을 이겨 내는 건 오히려 작심삼일을 이어 가는 것.

3일 마음먹고 행하고, 또 3일 마음먹고 행하고, 그렇게 열 번만 하면 한 달이 간다. 부족하다면 더, 더.
그렇게 한다면 분명 성장해 있을 것이다. 그리고 그 성장을 이어 갈 수 있을 것이다. 더 높은 수준으로.

이것이 '작심삼일 연속 인생 성공전략'.

미움

"우리가 누구를 미워한다면 우리는 그의 모습에서 바로 우리
자신 속에 들어앉아 있는 무언가를 보고 미워하는 거지. 우
리 자신 속에 있지 않은 것, 그건 우리를 자극하지 않아."

- 〈데미안〉, 헤르만 헤세 지음

결국 내가 문제라는 사실.
다름 아닌 내 마음에
문제가 있다는 사실.

이건 어쩌면 이웃 사랑과
자기 사랑을 가능케 하는
마음 통찰의 본질적 지점이리라.

신념

잘못된 신념은
오만과 독선을 낳아
폭력이 될 수 있다는 사실.

신념이 폭력이 되는 아이러니.

오지랖

오지랖은 '웃옷이나 윗도리에 입는 겉옷의 앞자락'을 말한다.

추울 때 감싸듯이 자기 몸 가리는 데 사용하면 좋으련만, 오
지랖이 넓어져 그것이 타인에게 안 좋은 영향을 미치면 오지
랖의 역기능이 나오기도 한다.

청개구리

하라면 안 하고,
하지 말라면 한다.

딴 데선 잘하다가도
멍석을 깔아 주면 못 한다.

이런 아이러니한
사람 심리를 알고 있어야지.

사람은 결국 자기 하고 싶은 대로,
하고 싶을 때 비로소 움직인다는 걸.

스마트폰

효율을 위해 만들어졌다고
생각되는 스마트폰.

그렇지만 스마트폰이
생기고 나서
사라진 인생의 시간은
어느 정도나 될까.

우리는
휴식을 잃고,
깊이를 잃었다.
휴식과 깊이가
인생을 만드는데 말이다.

보이지 않는 것

보이지 않는 것이
보이는 것을
좌우한다.

정신이 육체를
지배하듯.

그래서 인간은
영적인 존재.

"우리가 주목하는 것은 보이는 것이 아니요 보이지 않는 것
이니 보이는 것은 잠깐이요 보이지 않는 것은 영원함이라"

- 성경 고린도후서 4장 18절

골 때리는 편집

아내와 두 딸과 본방 사수하며 응원하면서 봐 온 TV 프로그램 〈골 때리는 그녀들(골때녀)〉.

충격적 소식.
득점 순서를 바꾸어 편집했다는 것. (2022년 초에 일어난 사건이고, 아래는 다 그때의 심정을 그 당시에 쓴 것이다. 예능이라도 스포츠를 다룬 예능이고 방송 내내 스포츠 정신을 강조하고 있었는데, 정말 충격 그 자체였다.)
자그마치 4:0을 4:3으로 바꾸었다. 시청자에게 긴장감을 주어 시청률을 높이겠다고.

편집된 현실,
기만당한 시청자들.

축구를 처음 해 보는 여성들이 고군분투하고 협동하며 웃고 울고 실력이 느는 걸 보며 박수 치는 마음으로 보았는데…….

'아, 방송은 꾸밈이지.'

정치가 그렇듯 방송도 이미지인데.
현실보다는 이미지가 부각되는.
연예계도 마찬가지.

리얼 예능은?
리얼 예능에 진정한 리얼리티가 있겠는가.
현실은 오직 카메라 없는 우리 일상에만 존재하는 것일 터.
아니, 현실 세계에서조차 뭇사람의 시선에도 사람들이 꾸미는 행위를 하는데, 시청자에게 보이기 위해 카메라를 들이댈 때는 오죽할까.

준비된 상황,
그리고 인위적 연출과 작위적 오버.

그놈의 시청률.

꾸밈의 미학(?)인 광고.
광고 수익을 얻기 위한 시청률 경쟁.

그래도 워낙 좋아했던 프로그램이라 〈골때녀〉를 계속 보려
했다. 선수들이 무슨 잘못이 있으랴 싶어.

그러나 뉴스가 터지고 한 주 결방. 제작진을 교체한단다.
그러고 보니 방송이 조작됐는데 그 많은 축구 스태프와 선수
출연진(축구 감독까지 포함)이 문제 제기를 하지 않았다는 것
이 어찌 보면 더 슬픈 일이다. 적어도 그들은 방송국 직원이
아닌데……. 그들은 스포츠 정신을 알고 있고 몸소 느껴 보
지 않았던가.

시청률을 높이기 위해서라면 스포츠 경기의 점수 조작도 불
사하는 방송국의 부끄러운 현실이 바뀌어야 할 텐데…….

두 딸에게 이런 세상의 현실을 알려 주어야 해서 이렇게 〈골

때녀〉가 조작 편집됐음을 자세히 알려 주는데, 마음이 좋지 않았다. 세상의 거짓된 일면을 알려 주는 일이므로.

정말 '골 때리는 편집'이다.

편집은 때로 흥미와 편리를 제공해 주지만, 이렇게 현실을 왜곡하기도 한다. 감쪽같이 속았다. 하지만 바야흐로 인터넷 전성시대. 옥의 티 찾듯 영상 속 오류를 잡아낸 네티즌들의 승.

그럼에도 속는 자가 훨씬 더 많았다. 앞으로는 어떨까? 속임수에 넘어가는 사람은 더욱더 많아지지 않을까. 가짜 뉴스가 판치는 것만 봐도 그렇다.

책

과자 한 봉지에 과자가 너무 적게 들어가 있으면 안 된다. 과자 가격만큼의 양이 들어 있어야 한다.

책은?
책도 쪽수가 중요할까?

적당한 판형에 적당한 분량. 책이 모양을 갖추기 위해서 이것이 필요하다는 이유로 굳이 필요하지 않은 내용을 추가해야 한다면 이건 정말 책의 기능에 역행하는 아이러니다.

이 시대에 필요한 책은?

• 딱 할 말만 하는 책.

● 책의 질에 초점을 맞춘 책.

그러려면 무엇이 필요할까?

\# 요약할 건 요약하기
\# 반복은 삼가기
\# 중언부언하지 않기
\# 다른 사람들이 많이 한 이야기는 지양할 것
\# 사례도 남발하지 말 것
\# 인용도 적당히 할 것
\# 독자가 생각하고 경험할 여지를 줄 것
\# 종이를 소중히 생각할 것

(나는 요즘 인터넷에 익숙한 독자들이 글자가 빡빡하고 작은 걸 좋아하지 않을 것 같아 책을 만들 때 문단 사이에 한 줄을 띄기도 하고 글씨도 조금 키우는데, 나무에게는 미안한 일이다. 이렇게 종이를 시원시원하게 사용하면서 독자의 가독성을 높이려고 한다면 정말 필요한 말만 하도록 더욱 주의를 기울여야겠다.)

인쇄를 했을 때 책 두께가 너무 얇아서 상품으로서 별로라면 차라리 판형을 줄이면 될 것이다. 그러면서 글씨 크기는 기존보다 키워도 될 것 같다. 그러면 독자 입장에서는 책이 작으니 들고 다니기 편하고 글씨 크기를 조금 키웠기 때문에 읽기에는 수월할 것이다.

수다는 말에서도 문제지만, 글에서도 문제다. 우리는 입으로만 수다를 떠는 게 아니다. 책의 홍수 시대에 이런 식의 '책 수다'로 가담하지 말아야지. 너나 나나 이러다 보면 좋은 책 찾기도 힘들고, 독서에도 쓸데없는 에너지가 너무 들어갈 테니까.

그래도 소설가들은 이야기를 만들어 내야 하니 짧게는 안 될 것이다.

그러나 다른 장르의 책들은 대부분 현재 내용의 절반 혹은 절반에 절반으로 줄여도 될 것 같다. 요새 사람들이 SNS로 짧은 글에 익숙해져서 이제는 그래야 한다는 소리가 아니다. 그것은 선후 관계가 잘못된 이야기다.

그냥 책은 양이 줄어야 한다. 만년필로 손수 쓰지 않고 컴퓨
터로 타이핑을 하다 보니 그렇게 된 건가. 글 귀한 줄을 모르
게 된 것이.

도서관이든 서점이든 조용한 책들 사이에서 소란함이 느껴
지는 것은 이런 '글자의 수다' 때문인 듯하다. 면대면으로 말
할 상대가 줄어들수록 글로 푸는 수다가 늘어나기 때문일까.

취재원

SNS가 뉴스가 되는 세상이다.

안 그래도 현장을 발로 잘 안 뛰어다니는 취재일 텐데…….

뉴스의 품질은 취재원에도 많이 달려 있을 텐데…….

취재원을 선택하는 것도 기사 작성의 일부일 터.

게이트키퍼는 어디로 간 건가?

게이트키퍼(gate keeper)

사회적 사건이 대중 매체를 통하여 대중에게 전달되기 전에 미디어 기업 내부의 각 부문에서 취사선택하고 검열하는 직책. 또는 그런 기능. 각 부문을 거치는 동안 사건의 문안에 대하여 가필, 정정, 보류 따위의 조작이 이루어진다.

검증 과정도 거치지 않고 일반인의 감정적 글까지 그대로 옮겨 싣기까지 하니 이걸 언론이라 할 수 있나.

각양각색 유튜버나 인플루언서들에 대한 언론의 지나친 관심도 문제다. 많은 유튜버와 인플루언서들이 구독자와 팔로워를 늘리기 위해 그렇게 언론에 나는 걸 노릴 텐데.

그들의 사회적 영향력이 별로 없는데, 언론이 오히려 없던 영향력도 만들어 주고 키워 주니 참 아이러니하다.
대중이 관심을 가져야 할 곳으로 시선을 이끌어야 하는 것이 언론의 역할이기도 한데 말이다.

아무튼 요지경 언론은 종이에서 탈피해 인터넷으로 넘어가고, 스마트폰과 SNS가 퍼지면서 갈수록 더 이상해진다.

대화와 침묵

진정한 대화를 만드는 것은
침묵을 두려워하지 않는 것.
침묵을 어색해하지 않는 것.

심호흡 한 번에

그래서 신은 인간에게 숨을 불어 넣어 주었나 보다.
숨은 생명(生命)이다. 생명이 곧 목숨 아닌가.

목숨

사람이나 동물이 숨을 쉬며 살아 있는 힘.≒명.

화를 내기 전에, 일이 부담 될 때, 일이 잘 안 풀린다고 생각
할 때 나는 요즘 심호흡(深呼吸)을 한다. '깊은 숨'이다.
심호흡은 내게 여러 가지 감정과 생각을 준다.

'별 일 아냐.'
'계속 나아가자.'
'난 할 수 있어.'

'잘될 거야.'

'인생에 너무 부담 갖지 말자.'

심호흡을 하고 보면 특히 드는 생각이 있는데 내가 필요 이상으로 부담을 갖거나, 어떨 때는 부정적으로 사안을 본다는 것이다. 사람에 대해서건, 상황에 대해서건. 특히 경제적, 육체적, 정신적, 관계적으로 힘들 때 그렇다. 삶의 전체적인 컨디션이 조화를 이루어야 하는데…….

심호흡은 이런 내게 긍정의 시선을 안겨다 준다.

긍정은 단지 희망적으로 보는 것이 아니라, 있는 그대로를 바라봄으로써 수긍하는 데서 비롯된다.

긍정의 사전적 정의를 보자.

긍정(肯定)

「1」 그러하다고 생각하여 옳다고 인정함.

「2」 『철학』 일정한 판단에서 문제로 되어 있는 주어와 술어와

의 관계를 그대로 인정하는 일. 'S는 P이다.'라는 형태의 명제를 참이라고 승인하는 것이다.

그래서 긍정은 어찌 보면 '참'을 아는 일이다. 옳은 게 뭔지, 진실이 뭔지 말이다.

심호흡은 이토록 중요한 긍정을 하게 해 준다.

힘들어하는 이가 있다면 심호흡을 권해 보자.

마음이 조급해지거나 짜증이 밀려오면 심호흡을 해 보자. 쉬어 간다 생각하면서 크게 한 번만 해도 좋다. 단 한 번의 심호흡 안에 생명이 깃들어 있으니.

1+1과 살림살이

나는 1+1을 좋아한다. 할인 폭이 큰 것도 좋아한다. 어떨 때는 분명 돈을 쓰고 있는데 돈을 버는 기분이 들기도 한다.
만약 생활에 꼭 필요해서 사는 건데 1+1을 하거나 할인을 많이 하고 있다면 그것을 사는 건 경제적인 선택이다.

그런데 가계의 소비 전체를 보았을 때 1+1과 대폭 할인이 살림살이를 나아지게 할까?
그렇진 않은 것 같다. 왜 그런 걸까?

잠시 19,900원과 20,000원을 보자. 큰 차이가 느껴지는가?

(나는 차이가 느껴질까 봐 19,900원짜리 상품은 20,000원이라고 읽곤 한다. 이럴 때는 정확하지 않은 게 좋다.)

기업 마케팅은 이렇게 작은 100원에까지 인간의 심리를 활용한다. 1+1과 대폭 할인은 오죽할까. '너무 싸다', '돈 버는 것 같다'고 느끼는 순간 불필요한 소비를 하게 된다. 사실 기업은 재고 처리나 밀어내기를 하는 건데 마치 나를 위해서 일종의 선물을 준다거나 호의를 베푼다고 여기는 것이다.

카트는 크고 시계는 없으며 물건은 많다. 특히 무더위가 기승을 부리는 여름날, 마트 안은 시원하다 못해 춥기까지. 쇼핑의 유혹은 만만치가 않다.

물건 앞에서 잠시 멈추어 살림살이에 보탬이 되는 건지 생각해 보아야 하는 이유.

일이 되는 순간

편집자가 책을 안 읽고, 기자가 신문을 보지 않는다. 만약 책을 보고 신문을 본다 해도 일을 해야 해서 보는 거라면……

그것이 일이 되는 순간, 내가 하고 싶은 일, 내가 좋아하는 일이 지겹고 괴로워지는 아이러니.

우리는 그래서 늘 일의 본질로 돌아가야 한다. 거기서부터 일을 시작해야 한다.

인터넷

아날로그와 디지털을 모두 다 경험한 세대는 점점 사라져 가
겠지.

나는 둘 다 접했고 아날로그가 익숙하지만, 인터넷 없이는
살 수가 없을 것 같다.

인터넷은 일하기에 정말 편리하다. 특히 나같이 자료를 찾아
볼 일이 많은 사람에게는.

지식의 공유 차원에서는 이보다 획기적인 발명품이 어디 있
을까 싶다.

그런데 인터넷에는 우리의 시선을 빼앗아 가는 해로운 콘텐
츠도 많다.

인터넷은 우리 인생에 유익할까, 해로울까?

인생 전반에 걸쳐 이 점을 점검해 본다면 어떨까.

이때 인터넷이 더욱더 우리 삶에 개입하도록 한 스마트폰의 영향을 무시할 수 없겠지.

내 삶은 무엇으로
굴러가는가

내가 직접 하지 않는 노동으로 내 삶이 굴러간다는 사실이
자주 새삼스럽다.

– 이슬아

내 삶의 대부분은
타인의 노동과 노력이
있기에 돌아간다.

내 건 내가 굴리는 것 같지만
그렇지도 않다.

나 역시 이런 사실을 새삼스럽게 인식하게 해 주는 이야기를

수년 전에 동네 어느 분에게 듣고 '왜 이런 생각을 평소에 잘 하지 않았을까' 생각했더랬다.

실은 새삼스러울 것도 없는데 하도 나 자신만, 내 주변만 보고 사니 그런가 보다. '내 코가 석 자'로 사는 건 슬픈 일이다. 여기서 벗어나고 싶고, 벗어나야 한다.

새삼스럽다
이미 알고 있는 사실에 대하여 느껴지는 감정이 갑자기 새로운 데가 있다.

내가 오늘 누린 여러 가지에 담긴 노동을 지금 생각해 본다. 참 새삼스럽다.

그러고 보니 오늘 건조기 수리 기사님이 다녀가셨네.
엄청난 양의 재활용품을 한가득 싣고 가는 트럭도 몇 대 보았고.
내가 오늘 먹은 닭다리 모양 과자에는 누구누구의 노동이 어느 정도의 시간과 공, 인내와 보람을 들여가며 들어갔을까.

학원

만약 학원이 꼭 필요하다면 학원은 내가 부족한 것을 보충하는 곳이어야 하는데, 학교보다 우선시되고 있으니 학생들이 불쌍할 따름이다.

공부는 주체적인 행위인데……. 그렇게 따지면 학원 많이 가면 공부를 못할 수밖에 없다. 공부는 주체적으로 해야 진정한 공부니까. 앎에 대한 욕구와 접근, 탐구와 이해, 적용과 창의는 스스로 하는 것이니까. 그래야 느니까.

사교육과 공교육이라는 단어가 사라지는 날을 그려 본다. (교육을 공과 사로 구분하다니…….) 그날이 올까. 한국의 청소년들이 함께 웃고 놀고 탐구하고 성취할 날.

아이디어

아이디어는 엉뚱하다. 작정하고 생각하면 잘 떠오르지가 않는다.

출퇴근 시간에 버스나 지하철에서, 누워서 쉴 때, 아무 생각하지 않고 있을 때, 운전할 때, 샤워할 때 아이디어가 잘 나온다.

결국 여기저기 메모지를 놔두기로 했다. 언제 나올지 모르는 널 위해.

기회

기회는 오는 게
아닐 수 있다.

내가 만드는 것,
내가 잡는 것인
듯하다.

'듯하다'고 한 거 보면
나는 아직 기회를
만들거나 잡지 못한 거.

이론과 실제

이론과
실제는
다르다.

대부분
그렇다.

그러니
실제에
가깝게
이론을
만들자.

평범함이 특별함

나는 특별하다고,
나는 특별해야 한다고
유별나게 굴던
긴긴 시절이 있었다.

인생의 중년을 지나면서
이제는 부인할 수 없는 진실.

평범한 것이
특별한 것이구나.

평범하게 사는 게
가장 어려운 것이구나.

그 무슨 특별함도
평범함 앞에서는
초라해지는 법이구나.

평범함이 특별함.

인생이 그래.
그래서 인생은
아이러니지.

건강

잃고 나서
그 소중함을
알게 되는 것.

여름과 겨울

여름이 되면
겨울이 낫네 하고

겨울이 되면
여름이 낫네 한다.

룰과 목표

일상에 룰을 정해 놓으면
형식에 얽매이기도 한다.

시간을 정해 놓으면
행동에 한계가
지어지는 때도 있다.

때로는 계획이 특별히 없는
순수한 열정이
힘을 발휘하기도 한다.

힘

힘을 빼야
힘이 난다.

토크의 기술

토크 기술이
없는 자가
이 말 저 말
아무 말.

유머

진지함과 진중함이
있어야 한다지만
유머 없는 삶이란
도통 무슨 재미란 말인가.

섬김

섬기는 자가
복 있는 자.

겸손

낮은 자를
세우신다.

루틴

루틴은 유익할 때가 많다.

그러나 루틴보다 먼저
비전이 있어야 한다.

비전 없는 루틴은
사람을 지치게 한다.

즐기는 자

즐기는 자는
승패가 필요 없다.

즐기는 것 자체가
승리의 삶이니.

주는 자

주는 자가
받는 자다.

복 받는 자.
즉 행복해지는 자.

작은 것

작은 것이
큰 것이다.

작은 것을
소중히 여기는 자가
큰 것을
소중히 여긴다.

작은 것을
소중히 다루는 자가
큰 것을
소중히 다룬다.

작은 것을
큰일처럼 하는 자가
큰일도 큰일답게 해낸다.

작은 자가
큰 자다.

강강약약

강한 자에게는
강하게

약한 자에게는
약하게.

그러나
그 강약 모두가
사랑 안에서
발휘되도록.

열면 열매가

나무가 하늘로 두 팔 벌려
활짝 열어젖힐 때
나무에 열매가 맺히는 것처럼

사람의 마음 문이 열리면
비로소 그때부터
삶에 열매를 맺는다.

닫으면 그 안에 것을
가질 것 같지만
실은 닫으면
허전하고 헛헛하고
공허할 뿐.

조용한 사람

모임이 끝나고 나면
조용했던 사람에게
관심이 간다.

아픔

나의 아픔이
도움이 되는 순간
그 아픔에 고맙다.

헌신 1

헌신은
나를 주고
또 주어도
새로운 내가
생기는 기적.

헌신 2

촛불 한 자루로 여러 자루의 초에 불을 붙인다 해도 애초의
촛불 빛은 흐려지지 않는다.
– 〈탈무드〉, 강미경 역, 느낌이있는책

생일 케이크 초 개수만큼
나의 빛이 환해졌으면.

집에서

집에서 기인한 건데
밖에서 표출이 된다.

집에서 받은 스트레스를
밖에서 푸는 경우다.

사회의 병폐는 대부분
여기서 온다.

AI보다 기계적인 인간

LOVE

AI는 정보가 많아서 선택지가 있다.

그런데 대화하는 상대, 상황은 다른데
같은 대답만 앵무새처럼
자기 식대로, 자기 마음 편한 대로
늘어놓는 사람이 있다.
예측 가능한 대사 처리.

이런 사람은 AI보다 기계적이다.

편견과 선입견, 무지와 몰이해가
만들어 낸 사이비 AI.

독단과 아집으로

어쩌면 기계만도 못한.

AI를 부러워하는 인간

AI에게는 의식과 감정이 없다. 설령 의식과 감정을 주입한다 해도 그것은 철저히 학습된 것이다. 느낀 것이 아니라. AI는 모든 것을 기억하되, 지난 기억이 쓰라리게 느껴지지 않는다.

인간에게는 고등동물의 상징으로 의식과 감정이 있지만, 이를 잘 다스리지 못하면 의식과 감정이 기억과 뒤섞여 스스로를 괴롭힌다. AI가 부러워지는 순간이다.

의식과 감정은 창조성을 지니고 있다. 기억에 대한 창조적인 의식, 창조적인 감정을 지닐 수 있을 때 우리는 과거를 극복할 수 있다. 이때부터는 의식과 감정이 없는 AI가 더는 부럽지 않다.

가족이라는
틀을 깨면

가족이라는 틀에서 벗어나서 가족을 바라보면 가족이라는
이유로 얽혀 있던 것들이 보인다.

인식으로 벗어나든 행위로 벗어나든 그럴 만한 이유가 있다
면 해 보기를 권한다. 오히려 가족의 민낯을 볼 수 있게 될지
모른다. 서로 솔직해지고 정직해질 수 있을지도 모른다.

이처럼 가족에 대한 기존의 틀을 깨야 보이는 것들이 있다.
어쩌면 가족의 변화는 여기서부터 시작될지도. 서로의 존재
의미와 가치를 비로소 알게 되는 순간.

충고 효과

충고가 약이
되는 경우가
몇이나 될까.

나를 아낀다는 것

나를 아끼는 길,
나를 내려놓기.

물건 잃어버리는 걸
싫어하면

물건을
잃어버리는 걸
싫어하면
마음을
잃어버린다.

뭐지 이 관계

구글과 네이버, 카카오가 내 생일을 축하해 주네. 가짜 생일 케이크에 가짜 꽃다발로.

네이버는 메인 화면에 내 이름도 넣어 준다.

홍삼회사에서는 만 원짜리 생일 쿠폰도 주네.

갈비집도 10% 할인 쿠폰을 준다.

헛헛하다.

뭐지 이 관계.

용어와 개념, 말과 생각

'수포자'라는 용어가 잘못된 개념을 만들 수 있다는 어느 수학과 교수님의 말씀.
아뿔싸, 나의 학창 시절! 암울했던 기억!
난 아직도 '똥손', '길치'라는 용어를 사용 중.

용어가 개념을 만들 수 있다.
말이 생각을 만들 수 있다.

우리의 행동은
그 개념과 생각에
좌우된다.

알고리즘······

알고리즘······.

연관 검색어와
연관 동영상.

인터넷에서
검색의 효율을 위한 것이
알고리즘인데
다른 데로 자꾸
신경이 간다.

나는 누구? 여긴 어디?

열정페이

열정페이의
아이러니.

열정페이가
열정을 깎아 내는
아이러니.
정말 왜 이러니.

해야 한다?

연말 연초에 사람들은 다양한 다짐을 한다.
그런데 이런 느낌을 받게 된다.

'해야 한다'는 왜 안 되는 것일까?

사람이란 존재는 참 아이러니하다.
해야 한다고 생각하면 할수록 잘 안 된다.

죄를 짓지 않겠다고 스스로 다짐하고 노력한다고
죄를 짓지 않을 수 있을까?

내가 나아지려면 이렇게 해야 한다며
이것저것 시도한다고 해서 인간이 나아질 수 있을까?

무엇을 하고 안 하고를 떠나서
'본질적인 의미에서 인간이 나아질 수 있는가'라는 물음이다.
이것은 마음의 문제일 것이다.
마음이 달라졌는가.

질문을 해 본다.
'해야 한다'는 마음에는 이미 거부감이 들어 있는 건 아닐까?
혹은 이미 유혹에 넘어가 있기 때문에
그런 마음을 품게 된 건 아닐까?

여기서 '해야 한다'는 '무엇무엇을 행해야 한다', '무엇무엇을
행하지 말아야 한다'를 다 포함하는 것이다.
우리가 단지 의무로 여기고 하게 되는 것들 말이다.

성경의 창세기에서 아담과 하와가 '선악과를 따 먹지 말아야
한다'라고 '생각'한 것처럼.

진실을 '마음'으로 느끼는 것이 아니라 자기만의 '생각'을 하
기 시작했을 때 우리는 안 되기 시작하는 것 아닐까.

오히려 인간이라는 존재는 연약하고 부족하고 무능력하여
아무것도 할 수 없음을 자각했을 때 그때 비로소 인간에게
변화가 시작되는 게 아닐까.
바로 거기에 희망이 있는 게 아닐까.

이것이야말로 우리에게 진정한 삶 아닐까.

주의 집중

인간이 한 가지 과제에 집중하는 시간은 15분 정도라고 한다. 15분을 넘으면 뇌가 쉽게 지친다고 한다.

그런데 학교 수업 시간이나 회사 업무 시간을 보면 이런 우리 뇌의 특성과는 다르게 돌아간다.

현대의 학교나 회사가 대부분 창의적인 사고를 요하지 않기 때문일까.

아니면 역으로 우리 뇌를 주의 집중하여 창의적으로 사용하지 못해서 이런 학교, 이런 회사가 나오게 된 건가.

참고로 미국의 심리학자이자 철학자인 윌리엄 제임스(William

James)에 따르면, 주의 집중이란 '여러 대상 가운데서 한 가지만을 마음에 두고 선명하게 생각하는 사고'라고 한다.

어쩌면 인간은 산만한 존재일 텐데, 설상가상으로 인터넷 환경은 창의적인 쪽보다는 그냥 산만한 쪽으로 흘러가게 되는 것 같다.

표준국어대사전 우리말샘에서 '주의 집중'을 찾아보면 여러 분야에서 이런 식으로 정의되어 있다.

주의 집중(注意集中)

『연기』스타니슬랍스키 연극론에서 주장하는 배우의 정신적, 감각적, 신체적 훈련 방법. 배우가 무대 위에서 가장 창조적인 상태에 이르기 위하여 신체 행동이나 상상력을 동원하여 무대 위의 대상이나 소리 따위에 최대한 집중하는 행위를 말한다.

『정보·통신』인공 지능에서의 문제 해결 과정에서, 확실한 사실이나 중요한 과제에 주목하는 일.

『체육』 운동 경기에서 발생하는 다양한 상황에 능숙하게 대처하기 위해서 의식적으로 하나의 단서나 사건에 자신의 의식 초점을 일정 기간 유지하는 일. 예를 들어 농구 경기에서 1점 차로 뒤진 종료 1초 전 자유투 상황에서 모든 정신을 림과 자신의 손끝에 집중하는 것 따위이다.

이렇게 여러 분야에서 주의 집중을 정의하는 걸 통해서도 우리는 주의 집중에 관한 통찰을 얻을 수 있다.
이를 통해 주의 집중에 관해 정리해 보자.

정신적, 감각적, 신체적으로 초점을 맞추는 것.

확실한 것에 주목하는 것.

의식적으로 한 가지에만 집중하는 것.

사람마다 이를 위한 루틴은 제각기 다르겠지만, 주의 집중을 했을 때의 효과는 누구에게나 대단하지 않을까. 숨겨져 있고 잠겨져 있던 잠재력을 끌어내는 것이므로.

노동의 가치

생각해 보면 사회에서 노동의 가치를 매긴다는 것이 굉장히 아이러니하다.

세계적으로 유명한 야구선수나 축구선수의 연봉을 보면 우리가 공을 잘 치고 잘 차는 것이 인생에서 실질적으로 개인적으로건 상호적으로건 무슨 의미가 있을까 싶지만 그들은 수백 억 원의 연봉을 받는다. 백 번 양보해 스포츠의 흥미로움에 부여하는 값치고 꽤나 과하다는 생각이 든다.

반면에 환경을 깨끗하게 한다거나 대중교통을 운전하여 시민의 이동을 돕거나 학생들을 가르치는 선생님들의 월급은 적은 편에 속한다.

우리 사회에서 노동의 가치는 정당하게 매겨지고 있는가.

노동의 가치가 잘못 매겨질수록 그릇된 직업 선택을 더 하게
되지 않을까.

이건 단지 월급이나 수입을 따지는 문제가 아니다.
돈을 잘 버니까, 사회에서 인정해 주니까 의사가 되고 싶다
고 하는 건 업의 본질을 모르는 그릇된 선택이다.

삶의 모습

삶은 다양하지만
인간은 비슷하다.

결국 인생도
다양해 보이지만
알고 보면 비슷하다.

그걸 아는 데까지
걸리는 시간이
저마다 다를 뿐.

돈이 안 모이는 까닭

벌 일이 더 많고
쓸 일은 더 적은데……

그런데……

버는 돈은 적은데
쓰는 돈은 많아서…….

내가 너를 위할 때

내가 나를 위할 때
내가 더 잘될 것 같지만,
남에게 줄 때 내가 더 잘된다.
왜냐하면 남에게 주려고 할 때
내가 더 잘하게 되기 때문이다.

그러면서 우리는 함께 나누고 누린다.

중용이
보이지 않는 이유

사람들은 대개 중용(中庸)을 추구하지만 실제로는 극단적인
의견이 많아 보인다. 극단적인 사람들이 잘 나서기 때문이다.

침묵의 나선 이론이 있다.

'침묵의 나선'은 자신들이 소수에 속한다고 여기는 이들이 의
견을 감추어야 한다고 느끼는 점차적인 압력을 의미한다.

이것은 실제로는 다수여도 중용이 두드러지지 못하는 이유
이다.

특히 극단적인 사람들은 중용을 우유부단으로 치부하기도
한다.

중용의 의미를 되새겨 보자.

중용(中庸)

「1」 지나치거나 모자라지 아니하고 한쪽으로 치우치지도 아니한, 떳떳하며 변함이 없는 상태나 정도.

「2」 『철학』 아리스토텔레스의 덕론(德論)의 중심 개념. 이성으로 욕망을 통제하고, 지견(智見)에 의하여 과대와 과소가 아닌 올바른 중간을 정하는 것을 이른다.

중용은 떳떳한 상태, 올바른 중간이다.

중용의 경계를 넘는 모든 것은 탄탄한 기초가 없다.

- 세네카

지금 내가 보고 있는 것

사람이 그동안 보며 살아온 것을
그 사람은 지금도 보고 있다.
우리가 보는 것이 우리의 수준이다.
보는 것을 달리하지 않으면
수준의 변화는 일어나지 않는다.

시선(視線), 곧 눈이 가는 길을
바꾸어야 한다.

눈은 마음이고 행함이다.
그래서 눈은 삶이다.
눈에 비친 것이 삶으로 반영되는 법.

좋을 때 친구

'친구란 좋을 때 좋은 거다.'
이런 생각을 가끔 한다.

부끄럽지만 내가 좋은 친구가 되지 못했기에, 친구 관계를
잘 만들어 나가지 못했기에 이런 말을 하는 것조차 민망하고
창피하다.

그럼에도 내 생각에는 친구란 내가 잘해 주고 싶어서 만나는
관계면 좋겠다는 것이다.
나의 힘듦으로 친구를 힘들게 하지 말아야지 싶다.

다만, 힘들 때도 의리를 지켜 주는 게 친구인 건 여전하다.

작가의 아이러니

책에 쓰는 대로 살 수 있다면
작가는 참 좋은 삶을 살 텐데.

디지털 기록

인터넷.
데이터 저장소.
빅 데이터.

축적의 미학.

"디지털 저장 혁명이 가져온 가장 분명한 결과는 평판의 오점 역시 영원토록 남게 될 것이라는 점이다. 디지털 왕국에서는 단 한 번의 실수도 당신을 영원히 따라다니게 된다."
- 〈디지털 평판이 부를 결정한다〉, 마이클 퍼틱 지음

맘껏 기록할 수는 있지만
마음대로 삭제하기는 어려운 곳.

마치 봉인이 되듯.

데이터의 양면성.

강한 말

강하게
얘기하기
없기.

강한 말은
사람을 강해지게 하지
않으니까.

강압

강압적이지 않기.
마음을 누르면
터지니까.

그래서 강압은
결코 그 영향력이
강력할 수 없는 법.

뉴스 중독

뉴스 중독에 걸린 것 같다.

늘 컴퓨터로 일을 하니 속보가 포털 첫 화면에 뜨고, 매일 뉴스를 보다 보니 자꾸 더 보게 된다. 어떨 때는 하루에도 여러 차례 뉴스를 본다. 뉴스에 달리는 댓글도 자주 본다.

그냥 세상을 알기 위해 보는 정도라면 유익한 경우도 적지 않지만, 뉴스 중독에 이르게 되면 그것 참 영양가 없는 행동이다.

인터넷이 중독성이 있고, 뉴스가 중독성이 있나 보다.
신문이 그립다.
랭킹도 없고, 속보도 없는.

뉴스들이 사회적 관심도에 따라 줄 세워지고, 서툴거나 단편적으로 만들어진 뉴스가 빨리도 올라온다.

뉴스의 상품화.
뉴스 가치는 자꾸만 떨어져 가는데, 뉴스 중독자는 점점 많아지는 아이러니.

이제부터는 뉴스 좀 적당히 보자 다짐해 본다.

선입견

선입견(先入見)

어떤 대상에 대하여 이미 마음속에 가지고 있는 고정적인 관념이나 관점.

선입견이 못 보게 한다.

사람에 대한 선입견,
상황에 대한 선입견,
인생에 대한 선입견.

선입견은 현재(現在)와
실재(實在)를 못 보게 한다.

최악

인간에게 최악은,
지금이 최악이란 생각이다.

희망이 있는 한,
최악은 존재하지 않는다.

불행

불행은 인간을, 거대한 사막을 지나 신의 소리를 울려 퍼지게 하는 영혼으로 만든다.

- 오노레 드 발자크

고난의 축복.

그것이 바로 불행의 역설.

돈

돈이나 물건은 그냥 주지 말고 빌려주어야 한다. 그냥 주면 받은 사람이 준 사람 아래에 위치해야 하지만, 빌려주고 빌려 쓰면 대등한 사이를 유지할 수 있기 때문이다.

- 〈탈무드〉, 강미경 역, 느낌이있는책

내가 만약 여유가 있다면 차라리 주는 것이 낫다고 생각했는데, 탈무드의 이 말을 보면 꼭 그렇지도 않다.
물론 이건 기부(donation) 이야기가 아니다. 기부는 기브(give)가 맞다.

자선

다른 사람의 자선을 전적으로 옹호하면서 정작 자신은 자선
을 베풀지 않는 사람은 더없이 가엾다.

- 윌리엄 J. 템플

눈물은 흘리되
지갑은 닫는다.

소유

진실한 소유는 자선을 통해서만 가능하다. 타인에게 무언가를 줄 때라야만 비로소 가질 수 있기 때문이다.

\- 윌리엄 심스

헌신 없는 소유는 없다.

인간의 아름다움

인간의 아름다움은 나이가 들어야 비로소 알 수 있다.

- 아누크 에메

청춘의 아름다움을 떠받들지만
진정한 아름다움은 중년과 노년의
품어 주는 인격과 여유로운 미소에 있다.

죽음

죽음은 인생을 살아가며 겪는 당혹스러운 일이다. 그 누군가가 당신이 남긴 세세한 모든 것까지 알게 되기 때문이다.
- 앤디 워홀

부족하나마 남은 자들에게 본이 되는 삶이 되길. 크리스천인 나로서는 하나님께 영광을 돌리며 살다가 본향으로 가는 것이 나이 듦과 죽음의 의미.

죽음에 가까워질 때까지 성숙해지고 싶다. 내가 죽는 날이 내가 가장 성숙해진 날이 된다면.

욕심

원하는 것을 전부 얻었을 때 조심해라. 살찌는 돼지는 운이
나쁘다.

- 해리스

미니멀 라이프가

필요한

시간.

더러움

진짜 더러운 게
무엇인지 안다면.

마음만큼
더러운 것이 있겠는가.

아니, 마음 말고
더러운 것이 있나.

선행

선행의 문을 닫는 자는
다음에는 의사를 위하여
문을 열지 않으면 안 된다.

- 〈탈무드〉, 강미경 역, 느낌이있는책

하루에 하나라도
선행다운 선행을 한다면
너도 좋고 나도 좋고.

예쁜 말도 좋지만
이왕이면 좋은 행동으로.

질문

신중한 질문은 지혜의 반이다.

- 베이컨

좋은 기자가
좋은 기사를 쓰고

좋은 편집자가
좋은 책을 만든다.

그리고
해답은 늘
좋은 질문을
던지는 데 있다.

술 1

포도씨를 심고 있는 이 세상 최초의 인간 앞에 악마가 불쑥 나타났다.

악마가 물었다.

"무엇을 하고 있느냐?"

인간은 매우 훌륭한 식물을 심고 있다고 답했다.

그러자 악마는 말했다.

"이런 식물은 처음 본다."

인간은 답했다.

"이 식물에서는 달고 맛있는 열매가 열리는데, 그 열매의 즙을 마시면 아주 행복해진다."

그렇다면 자기도 같이 마시게 해 달라고 부탁한 악마.

악마는 양과 사자와 돼지와 원숭이를 끌고 와 그 짐승들을 죽인 다음 피를 비료로 뿌렸다. 이렇게 해서 만들어진 게 포도주다.

처음 마시기 시작했을 때는 양처럼 온순하다.

조금 더 마시면 사자처럼 광폭해진다.

거기서 더 마시면 돼지처럼 지저분해진다.

도를 넘어 마시면 우스꽝스러운 원숭이처럼 춤추며 노래를
부르기 시작한다. 이는 사람의 품행에 대한 악마의 선물이다.

– 〈탈무드〉, 강미경 역, 느낌이있는책

술이 사람을
마시는 지경.

과음으로
사람이 망가지고
삶이 망가진다.

세상 대부분의 사고가
술에서 터진다.

정말 술이 '웬수'일까?

술 2

술을 그만 마시려면 맨 처음 술을 마시게 만든 자신의 인격
과 맞서 싸워야 한다.

- 지미 브레슬린

술과 타협한 이후로 벌어지는 죄와 악의 양태는 끔찍하고 끔
찍하고 끔찍하고 끔찍하다…….

술에게 나를 내 주고 내 삶을 내 주는 비극.

그리고 그 비극이 가족과 이웃에게로 향하는 끔찍한 비극.

술 3

〈어느 애주가의 고백〉(다니엘 슈라이버 지음)이라는 책이 있다. 부제가 이 책의 목적을 드러낸다. '술 취하지 않는 행복에 대하여'.

술 취하지 않는 행복을 좇는다는 애주가의 아이러니한 고백이다.
저자는 "자신은 술을 사랑했지만 술은 자기 인생을 사랑해 주지 않았다."고 고백한다.

정신이 취하여 현실을 제대로 보지 못하고, 몸과 마음이 들뜨고, 심해지면 아예 현실과 떨어져 공중에 붕 떠 버린 채로 있게 하여 돌이킬 수 없을 정도로 관계와 인생을 망치는 술.

"재앙이 뉘게 있느뇨 근심이 뉘게 있느뇨 분쟁이 뉘게 있느뇨 원망이 뉘게 있느뇨 까닭 없는 창상이 뉘게 있느뇨 붉은 눈이 뉘게 있느뇨

술에 잠긴 자에게 있고 혼합한 술을 구하러 다니는 자에게 있느니라"

– 성경 잠언 23장 29~30절

정의

우리가 정의를 지키지 않는다면 정의 또한 우리를 지켜 주지
않을 것이다.

– 프랜시스 베이컨

인간의 파렴치함.
내로남불.

노블레스 오블리주는
그저 헛되게 내건
깃발이 된다.
인간의 교만,
인간의 탐욕 앞에서.

정의는 지키는 자에게
돌아온다는 사실.

정곡을 찌르며
마음을 무겁게 하는 말이다.

죄악의 인과관계

악마는 우리를 유혹하지 않는다. 그를 유혹하는 것은 우리다.
- 엘리엇

혹하여 죄를 부른 것이
누구인가.

사람 탓도, 상황 탓도,
환경 탓도 할 것 없네.

대화

내가 무슨 말을 했느냐가 중요한 게 아니라, 상대방이 무슨
말을 들었느냐가 중요하다.

- 피터 드러커

대화에 대한 관점을
송두리째 바꾸는 말이다.

나는 그동안 너무
나의 말에만 신경 썼구나.

교육

바른 관점을 가지도록 태도를 갖추는 데 도움을 주는 것은 교육일 것이다.

반면에 자신의 편협한 관점을 강요하는 것은 교육이 아닐 것이다.

그럼에도 많은 부모가 후자의 일을 하고 있다. 차라리 안 하면 좋을 것을.

그렇다면 학교는?

글쎄, 학교가 관점이란 걸 지니는 데 도움이 꽤 되고는 있나.

이건 사회 구조적 문제다. 학교 대신 학원에서 인생 조언을 하는 아이러니.

냉동실과 냉장실

냉동실로 음식이 향하는 이유.

\# 먹을 만큼만 요리하거나 주문하지 않아서.

\# 다른 사람이 위에서처럼 해서 남은 걸 주어서.

\# 다른 사람이 그냥 줬는데 너무 많거나 남아서.

위 셋 중 하나일 것이다.

어쨌든 대부분 집에 있는 냉동실이 그렇지 않을까? 꽉꽉 들어차 있다. 뭐가 있는지도 잘 모르겠고, 언제 먹을지도 모른다. 그럼에도 달리 처분도 못 한다.

미래를 위한 양식일까? 그런 경우도 있지만 이건 과하다. 가끔 냉동실 정리를 해 보면 안다.

우리에게 현실(現實: 현재 사실로 존재하고 있는 일이나 상태)은 냉장실이다. 아이러니한 건 정작 냉장실에는 먹을 것이 없고, 냉동실에는 먹을 게 많다는 것.

굳이 사용하지 않을 것들까지 넘치게 만들어 내는 자본주의의 폐해가 냉동실에도 고스란히 영향을 미친 것이다. 요즘 사람들의 소비 패턴인 '쌓아 두기'가 먹거리에도 작용한 탓이다. '로켓'같이 빠른 구매는 쌓아 두기를 재촉한다. 더구나 먹는 데 골몰하는 오늘날에는 더더욱 심하다.

이렇게 진짜 현실에 기반을 두지 못한 채 가짜로 존재하는 것이 음식이나 물건뿐일까? 우리 마음은 어디로 가 있는 걸까?

사람에게, 삶에서, 세상에서 가장 중요한 우리 마음이 '냉동실'로 가 있는 건 아닌지…….

사랑

물론 사랑은 무조건(無條件)적인 것이 사랑이겠지만, 현실에서 사랑은 꼭 그렇지만은 않은 것 같다.

사랑을 받겠다고 유난을 떨면 사랑받지 못한다. 관심을 받고 싶다고 난리를 치면 오히려 관심을 받지 못하는 것도 이와 비슷하다.

글쎄, 이건 '밀당' 개념은 아닌 것 같다. 밀당에는 계산이 들어가는데, 사랑은 계산속이 아니니까.

그러니 유난을 떨고 난리를 치는 것과 반대로 내게는 사랑이 필요 없는 것처럼 자신을 내보이는 것도, 상대의 관심 따위에는 관심 없는 것처럼 자기를 드러내는 것도 사랑의 관계는 아니라는 소리다.

그럼 사랑은 왜 이런 걸까?
사랑에도 욕심을 부리지 말아야 해서일까?
사람 마음이 청개구리 같아서일까?

그도 그렇겠지만, 사랑은 자연(自然: 세상에 스스로 존재하거나
우주에 저절로 이루어지는 모든 존재나 상태, 사람과 물질의 고유성
혹은 본연성)스러운 것이기 때문 아닐까.

비판과 비난

비판(批判)

현상이나 사물의 옳고 그름을 판단하여 밝히거나 잘못된 점
을 지적함.

비난(非難)

남의 잘못이나 결점을 책잡아서 나쁘게 말함.

비난을 해 놓고
비판을 한 거라고
생각한 경우가 많았으니,
부끄럽고 미안한 일이다.

그렇다면 우리는 왜 그렇게

쉽게 비난을 하는 걸까?

비난할 거리를 찾는 것은 쉽다.

- 로버트 하프

비난하는 게 쉬워서
쉽게 비난을 한다.

그리고 대부분의 비난은
자기 자신에게
해야 할 것들이고.

거래

나쁜 사람과는 좋은 거래를 할 수 없다.

- 워런 버핏

거래는 늘 양방향이라 서로가 좋아야 좋은 거래라 할 수 있을 텐데, 현실에서는 그렇지 않을 때가 많다.

좋은 거래를 하려면 우선 좋은 사람이어야 한다.

"좋은 게 좋은 거죠."라는 말은 사라지고, 거래의 아픔이 줄어들기를.

줄이기, 빼기

물건이 집 안 가득 찼다. 이제부터는 지금까지 쌓아 놓은 것들로 살아가야 한다. 그렇게 살다 보면 자연스레 물건이 줄어들 것이다.

줄이고 빼야 물건이 짐이 되지 않는다. 짐이 되는 때는 욕심이 더해지는 때.

마음도 그렇다. 비우고 쏟아 내야 마음이 가볍고 하루가 행복하다.

지도

우리는 지도한다고 생각하지만,
대부분은 지도를 받고 있다.

- 바이런 경

우리가 지도(指導)를
하지 못하는 이유는
우리에게 지도(地圖)가
없기 때문 아닐까.

식사와 요리

동물들은 먹기 위해 산다. 하지만 인간은 살기 위해 먹는다.
먹는다는 것 또한 삶의 일부이므로 당연히 종교적이 될 수밖
에 없는 것이다.

- 〈탈무드〉, 강미경 역, 느낌이있는책

요리가 영양을 섭취하기 위한 것이 아니고, 예술 작품이 되
어 버렸다면 개탄할 일이다.

- 톰 제인

먹기 위해 살 때,
요리가 예술이 될 때.

인간이 동물이 되는 때.

자유

어쩌면 우리는 무언가를 하기 위한 자유보다 무언가를 하지
않기 위한 자유를 더 원할지도 모른다.

– 에릭 호퍼

무엇을 하기 위한 자유.
무엇을 하지 않기 위한 자유.

어느 경우든 자유에는
늘 책임이 따른다.

개인주의

건강한 개인주의가 필요하지 않을까.

우리는 누구나 개인이다.

개인의 존재, 개인의 다양성을 인정하면서도 보편적인 인간
윤리를 지향한다면 개인주의는 창조성과 공동체성(共同體性 :
공동 사회를 유지하기 위하여 필요한 성품이나 특성)의 근간이 될
수 있을 것이다.

기회와 위험

매 순간 선행을 베풀 기회가 있으니 이 얼마나 행복한 곳인가! 매 순간 수백만 명에게 상처를 입힐 위험이 도사리고 있으니 이 얼마나 위험한 곳인가!

- 장 드 라브뤼예르

지금 이 순간이 누군가에게는 선행을 할 수 있는 좋은 기회가 되고, 누군가에게는 상처를 주는 위험한 때가 될 수 있으니 참으로 극과 극의 시간 사용 아닌가.

자연

사람은 희한하다. 젊을 때 알면 좋으련만 나이가 들어서야
자연의 일관성과 유익함, 그 신비와 환희를 알게 된다.
큰 병이 들고 나서야 산속에 들어가는 격이다.

나도 40대가 되어서야 자연에 관심을 갖게 되었다.
요즘은 매일 아침 내가 키우고 있는 단정화에 물을 주면서
뿌듯함을 느낀다. 단정화의 꽃말이 자연이 인간에게 하는 말
같다. 단정화의 꽃말은 '당신을 버리지 않겠어요.'이다.

자연을 가꾸며 자연과 함께할 때 인간은 아프지 않고 여유가
생기며 겸손해질 텐데.
맞다. 우리는 자연과 친해지는 만큼 건강해질 것이다.

매몰비용

매몰비용. Sunk Cost. 되돌릴 수 없는 비용이다.

돈을 쓰기 전에 이렇게 매몰된다는 걸 알아야 하는데, 그땐 생각지 않았다가 나중에 오히려 이미 쓴 돈에 대해 후회하거나 합리화를 하려 한다.

요즘에는 옷을 인터넷으로 많이 사는데 열 개를 사면 한 개는 실수할 수 있다. 안 어울리든지 핏이 안 좋다든지. 그 옷을 가지고 고민해 봐야 소용없다.

이미 그 옷에 대한 지불은 끝났다.

매몰비용의 전후가 중요한 이유.

인생은 변한다

인생은 본래 변하는 건데
사람이 안 변하려고 하면
그때부터 문제가 생긴다.

남자와 여자 1

여자가 남자를 지배해서는 안 되기 때문에 하나님은 최초의 여자를 만들 때 남자의 머리를 취하지 않았다. 그렇다고 남자의 노예가 되어서도 안 되기 때문에 남자의 발을 취해 만들지도 않았다. 갈비뼈를 취해 여자를 창조한 것은 여자로 하여금 언제나 남자의 마음 가까운 곳에 있게 하기 위해서다.

– 〈탈무드〉, 강미경 역, 느낌이있는책

남자와 여자가 함께해야 한다는 것, 서로가 서로를 도와야 한다는 것은 창조주의 만드신 바인데, 어찌 이리 편 가르고 왜곡할까.

남자와 여자 2

남자는 야생동물이며, 여자는 이 야생동물을 길들이는 자다.

– 폴리스 바이언

남자는 야생동물이라 힘들고,
여자는 야생동물을 길들여야 해서 힘들다.
그래도 일단 이 사실을 알면 덜 힘들겠지.
이 사실을 거부하면 더 힘들어지고.

죽는 존재

인간은 누구나 죽는다.

그런데 아이러니하게도 많은 사람이 죽는다는 사실을 잊거나 모른 체하고 산다.

그 결과는 무엇일까?

이생에서 잘 먹고 잘 사는 것을 최우선의 목표로 삼는다.

왜 이 땅에서 살게 되었는지 관심을 갖지 않는다.

이생 다음에 무엇이 펼쳐질지 궁금해하지 않는다.

인간 중심의 사고, 세상 중심의 사고로 이 짧은 인생을 덧없이 살아간다.

암 투병을 하다가 2022년 2월에 소천하신 이어령 전 문화부 장관이 죽기 전 펴낸 책의 제목이 '메멘토 모리'이다. 이어령 박사는 죽기까지 인간에게 있어 삶과 죽음의 의미란 무엇인가 적극 전달하려고 하셨다.

메멘토 모리(Memento mori).
라틴어로 뜻은 다음과 같다.
"자신의 죽음을 기억하라."
혹은
"너는 반드시 죽는다는 것을 기억하라."

우리는 '죽는 존재'여서 내가 죽는다는 사실을 늘 알고 지내라는 말이다.

로마에서, 전쟁에서 승리를 거두고 돌아와 시가행진을 할 때 뒤에 있는 노예를 시켜서 이 말을 크게 외치게 했다고 한다.

나 잘났다고 하는 인간에게 죽음만큼 겸손을 생각하게 하는 것이 또 있을까.

세지도 못할 만큼의 돈도, 수많은 사람들이 머리를 조아리는 명예도 죽음 앞에서는 고개를 숙일 대상밖에는 안 된다.

나바호 인디언은 이런 말을 한다.

"네가 세상에 태어날 때 너는 울었지만 세상은 기뻐했으니, 네가 죽을 때 세상은 울어도 너는 기뻐할 수 있도록 그런 삶을 살아라."

'메멘토 모리'라는 말을 기억하며 살아가는 삶을 살았다면 '세상은 울고, 나는 기쁜 죽음'을 맞이하겠지.

나는 가끔 아내에게 "죽는 게 무서운 게 아니라 사는 게 무섭다"는 말을 한다. 한 번 사는 인생을 제대로 못 살고 있는 데서 오는 두려움이다. 나도 나바호 인디언의 저 말처럼 살고 싶다.

시장이 반찬

요즘은 굶주림을 즐긴다. 배고플 때까지 놔두었다가 식사를 하면 꿀맛이 따로 없다. 똑같은 음식도 공복에 먹으면 이렇게 맛있다. 목마를 때 마시는 물맛이 좋은 것도 마찬가지.

시장이 반찬이다. 배가 고프면 반찬이 없어도 밥이 맛있는 법이다.

음식의 맛

동일한 맛의 음식도 누구와, 어디에서, 어느 그릇에 놓고 먹느냐에 따라 맛을 달리한다.

극단적인 예를 들자면 먹다 남은 맛난 음식이 예쁜 그릇에서 음식물 쓰레기봉투로 옮겨지는 순간, 훌륭한 먹거리에서 그냥 쓰레기로 바뀌고 만다.

흔한 도서, 귀한 독서

나에게는 책 정리가 집 정리 중에 가장 크고 중요한 일이 되었다.

우리 집에는 내 책도 많고 두 딸의 책도 많다. 두 평 남짓 알파룸이 내 방이고 나는 여기서 집필을 하는데 온통 책으로 둘러싸여 있다. 가장 많은 비중을 차지하는 것은 동화책.
두 딸의 터울이 다섯 살이다 보니 동화책을 처분하기가 애매해서 가지고 있는데, 산 것은 적은데 받은 게 많아서 합치면 꽤 많다. 각 집에 동화책이 넘치다 보니 빚어지는 현상인 것 같다. 아파트에 재활용하는 곳에는 가끔 동화책이 무더기로 버려진다. 이것이 출판사들이 아이들 책에 투자하는 하나의 이유가 아닐까.

문제는 책 보유량과 독서량이 비례하지 않는다는 것.

아마도 추측건대 아이가 있는 집 대부분이 이러지 않을까 싶다. 나 어렸을 적에는 책이 귀했는데 이제는 흔해빠진 게 책이다.
집에도 책이 많고, 도서관에도 책이 많고, 서점에도 책이 많다. 책은 많아졌는데 독서하는 사람은 줄어들고, 독서량도 줄어들었다.

나는 양이 질을 훼손한다고 본다. 선택할 게 많아진 것이 선택을 방해한다고 할까.

제일 큰 방해 요인은 질리게 한다는 점 아닐까. 일단 너무 많아서 질리는 거다. 나의 경우 음식도 그릇에 많이 담으면 식욕이 떨어져서 조금씩 담아 먹는다.

그런데 책의 양이 많아서 독서량이 줄었다고 말하는 건 가장 지적이지 않은 핑계일까.

민주주의와 회사

〈민주주의는 회사 문 앞에서 멈춘다〉는 책이 있다(우석훈, 2018).

책 제목, 참 맞지 않나?

회사는 수동적인 인간을 만들어 내기 십상이다. 회사라는 조직이 강압적이기도 하고. 한국은 여전히 그 정도가 심하다. 어쩌면 회사라는 시스템 자체가 인간에게는 괴로움 그 자체다. 누구에게나 그런 건 아니지만 대부분에게 그런 것이 현실이다.

① 비슷한 일을 오랜 기간 반복하라.
② 그렇게 한 달을 채우면 월급이 지급된다. 버티는 기간이

길어야 월급도 그에 따라 오른다.
③ 그렇게 안 하면 잘릴지도 모른다.

회사의 이 세 가지 명제로부터 조금이라도 해방감을 느끼기
위해 직장인들은 저마다 몸부림을 친다.
몸부림을 쳐도 민주주의는 회사 문 앞에서 여지없이 멈춘다.

유체 이탈 화법과 무(無)영혼의 행동들.

그래도 회사를 변화시킬 존재는 인간뿐이다.
요즘의 회사는 좋아지고 있는 걸까?

돈벌이

벤저민 프랭클린은 전기를 발명했다. 그러나 정작 돈을 번
사람은 미터기를 발명한 사람이다.

- 얼 윌슨

돈 버는 재주는
따로 있다.

혹은 본질을 추구하는 자의
지갑이 비어 있을 수도 있는.

아무튼, 희한한 돈벌이.

지구별 여행자

바보는 방황하고
현자는 여행한다.

- 풀러

수많은 나날을 헤매고 다녔으니 난 참 바보처럼 살았구나.

'나는야 지구별 여행자'라는 생각으로 살면 인생이란 즐겁고
흥미로울 수 있을 것이다.
인생이 무척 짧으니 지구별에 짧은 여행 와서 나에게도 좋고
너에게도 좋은 참 좋은 여행자로 지내다가 돌아가면 되겠지.

이처럼 좋은 여행자의 사람과 삶, 세상을 향한 시선은 사뭇
다를 것이다.

시선

LOVE

상대방을 보이는 대로만 평가하는 것은 옳지 않다. 그보다는
능력과 상관없이 대하는 편이 상대방을 돕는 방법이다.

– 요한 볼프강 폰 괴테

선입견 가득한 인간에게는 참으로 어려운 일이다. 그러나 인
간이 인간을 이해하고 서로 도우려면 이렇게 해야겠다는 생
각이 든다.

욕심의 행보

물욕은 끝이 없다.
마음의 욕심도 마찬가지.
사도 사도 더 사야 하고,
마음으로 하는 탐함도
더 커지기만 할 뿐.
음식도 그렇고 술도 그렇다.
욕심이 다 그렇다.
끝이 없다.
욕심으로 더 갖자, 더 갖자 하면
허해지는 그 길. 망가지는 그 길.

그것이 욕심의 행보.

습관의 역전

처음에는 우리가 습관을 만들지만
그다음에는 습관이 우리를 만든다.

- 존 드라이든

애초에 우리에게 고정된 습관은 없었다.

우리가 만든 좋은 습관은 나에게 좋은 삶을 선물해 주었고,

그저 그런 습관은 그저 그런 삶을, 나쁜 습관은 나쁜 삶을 가

져다주었다.

습관은 인생에 행복을 부르는 선물도 되고 자기 인생, 더 나

아가 남들의 인생까지 망치는 패악도 된다.

패악(悖惡)

사람으로서 마땅히 하여야 할 도리에 어그러지고 흉악함.

네잎클로버와 세잎클로버

굳이 도무지 찾기 힘든 네잎클로버를 찾으러 다닌다. 네잎도 여러 번 찾게 되면 다섯잎, 여섯잎짜리도 찾고 싶어진다. 그리고 정말 인생에 한 번 있을까 말까 할 정도로 여섯잎클로버를 찾게 되기도 한다.

나의 경우가 그랬다. 네잎클로버를 코팅해서 선물해 주면 행운을 뜻하니 상대방이 기분이 좋아질 거 같아서 그렇게 찾았더랬다. 요즘도 가끔 세잎클로버가 무리 지어 있는 곳에서 발길을 멈추고 바쁘게 눈길을 준다.

네잎클로버의 꽃말은 행운이고, 세잎클로버의 꽃말은 행복이라는데, 꽃말을 이렇게 구분하여 지은 사람은 정말 통찰력이 있다.

세잎클로버는 지천으로 널려 있다. 흔하디흔하다. 그런데 세상은 희소성의 원리에 입각하는 경우가 많다. 다이아몬드나 금이 그렇다. 희소성에 따라 가치와 가격을 매기려 한다.

그런데 정작 생명의 경각을 다툴 공기와 물은 어떤가. 공짜로 쓰면서 그 가치를 거의 잊고 산다. 밖에선 잘하고 집에선 못하는 것도 마찬가지 이유 아닐까.

사람의 행복이 그런 거지 싶다. 지금 내 주위에 지천으로 널려 있는 게 세잎클로버(행복)인데 눈에 쌍심지를 켜고 네잎클로버 혹은 그 이상의 개수 이파리 클로버(행운)를 찾겠다고 헤매고 뒤집고 들쑤시고 다닌다.
로또를 사는 사람의 심리 기저에도 이런 마음이 있는 거 아니겠나. 집이 아닌 바깥에서 삶의 즐거움을 찾겠다고 나돌아다니는 사람도 마찬가지.

만약 이런 뜻깊은 의미를 전달해 보고자 세잎클로버를 코팅해서 선물하면 사람들의 반응이 어떨까.

불행한 가정은 가정에서 흔하디흔하게 구할 수 있는 행복을 보지 못한 채 바깥으로 나돌며 행운아가 되고 싶어 하는 불운아들에 의해 만들어진다.

네잎클로버가 세잎클로버투성이 풀밭에 끼어 있듯이 행운도 실은 흔한 행복들 안에 있나 보다.

행복은 늘 소소한 데 있고 우리 삶은 눈을 바로 뜨고 보면 소소한 것들로 이루어져 있다.

사람이 그렇고, 삶이 그렇고, 세상이 그렇다.

가깝고도 먼
아파트 사람들

20층, 30층짜리 아파트. 한 동에 많게는 100여 명, 적어도 수십 명이 산다. 집과 집 사이 거리도 불과 몇 미터.
엘리베이터에서도 종종 만나고, 알고 보면 같은 한 땅에 사는 무지 가까운 이웃이다. 작은 땅에 많은 집.

이렇게 물리적 거리는 어느 주택보다 가까운데 심리적 거리는 왜 이리 먼 걸까.

아파트 한 동 전체는 긴 사각형 모양에 그 한 동 안의 집들은 사각형 궤짝처럼 생겨서 우리 마음도 네모지게 된 걸까.

세분화

하루 종일 물건을 봉투에 담는 일만 하는 사람을 생각해 보
자. 하루 종일 밀가루 반죽만 하는 사람. 하루 종일 못만 두
들겨 만드는 사람.
자본주의는 작업의 효율화라는 명목으로 세분화가 주를 이
루었고, 학생들의 공부 과목도 세분화되었다.
그로 인해 입체적인 삶, 전체를 보는 눈은 사라져 갔다.

세분화 노동, 세분화 학습의 슬픔과 아픔이다.

잠자면서 하는 일

잠은, 잠만 자는 게 아니다. 꿈을 꾸면서 무의식이 발현되고, 뇌가 기억을 정리한다. 몸은 휴식을 통해 회복된다. 마음도 마찬가지.

꿈은 자신의 고민이나 삶을 반영하기도 하니 의미가 있고, 뇌가 기억을 정리해야 학습도 되고 성장도 된다.

매일 사용하는 몸과 마음은 휴식을 해야 건강하게 매일매일 사용할 수 있다.

그러니 잠 못 드는 사람이 잃는 것은 이만저만이 아니다.

누가 관종인가?

자신을 드러낼 게 별로 없던 과거에는 관종이 드물었다. 거리에서나 술집, 모임에서 볼 수 있었을 뿐.

요사이는 SNS가 관종의 도구라 누구나 관종처럼 사진과 영상을 찍어 올리고, 글을 써서 올린다.

그러고 보면 인간은 누구나 관종인가?

그러고 보면 사람이란 존재는 서로 실제 세계에서 관심을 많이 가져 주어야 되는 거 아닌가.

시간 1

일할 때는 바빠서
시간이 없다는 이유로
정신없고 조바심이 나
시간을 붙잡지 못하는 것 같고

일을 끝낸 노후에는
시간이 남아돌아
뭘 할지 몰라
하릴없이 시간을 떠나보낸다.

시간을 잡을 수 있는 때는?

시간 2

시간은
생각하기
나름이다.

한 해를
꼭 1월 1일에
시작하지 않아도
될 수 있다.

기한을 정할 때도 마찬가지.
시간은 정말 상대적이다.

'늦은 때란 없다는 말'은 그래서 맞다.

시간 3

순간이 시간이며
그 순간의 시간 안에
영원이 있음을 아는 자는
어느 시간 가운데서든 행복하다.

UFO와 자연

하늘에 접시 모양이 보인다고
UFO라며 외계인이
존재한다 떠들어대지만

정작 내 주변에 꽃과 나무,
각종 동물의 창조 신비에는
무심, 무감하다.

물건 만드는 순서

① 세상에 필요한 물건
② 세상에 없던 물건
③ 세상에서 팔릴 만한 물건

세상에서 물건을 만드는
순서를 맞추어 보시오.

역순.
거꾸로 세상.

AI와 챗봇

로봇이라 부르니 헷갈리지만
AI와 챗봇은 인간이다.
인간의 정보로 구성되었으므로.

그저 보이려고
무언가를 할 때에는

서평을 쓰려고 책을 본다.
영화평을 쓰려고 영화를 본다.
먹방을 찍으려고 먹는다.
쿡방을 찍으려고 요리한다.

이러다 보면 본질적 목적과 거기서 비롯된 진심과 정성은 뒷전으로 가고, 그저 보이기 위한 '쇼'가 되는 건 아닐까.

작금에 유튜브 같은 데서 벌어지는 일.

운동 유튜버의 과체중

나는 원래 내가 스스로 하는 걸 선호해서 다른 사람이 운동하는 걸 보면서 따라 하지 않는다.
책이나 기사에 나오는 운동법을 참고하고 스스로 느껴 보며 내가 하고 싶은 운동을 하는 편이다.

아내가 운동 유튜버의 유튜브를 틀어 놓고 따라 하길래 봤더니 동작이 따라 하기 참 좋아 보였다.
그런데 그 운동 유튜버는 몸이 잘 관리되지 않은 것처럼 보였다. 유튜브 촬영할 때와 실제 삶이 다른 건지.

유튜브에서 많이 보게 되는 현상.

전문가가 아닌데 전문가처럼 보인다(사실 그렇게 안 보이는 경우가 많은 것 같다).

그런데도 의외로 수많은 사람들이 구독하고 있다.

전문가, 즉 프로는 일과 삶에서 일치와 균형을 보일 텐데…….

아무튼 보이기 위한 쇼는 한계를 보이게 마련이다. 언젠가는 그 실상이 드러날 것이다.

체중계

Q. 계속 체중계에 올라야 하는 동물은?

A. 호모 사피엔스(Homo sapiens: 슬기로운 사람)

이렇게 되면 안 되는 경우

책 읽는 사람 수 < 책 만드는 사람(작가와 출판사 직원) 수

손님 수 < 식당 직원 수

집안일 하는 사람 수 < 가족(아이들이 유년기를 지난 경우) 수

인간성과 정치의식의 바로미터

인간성과 정치의식의 가장 정확한 바로미터는

'집안일'에 대한 관점과 실천이다.

- 〈아내 가뭄: 가사 노동 불평등 보고서〉(애너벨 크랩 지음) 중 정희진의 해제

  중에서

Q. 아내가 가장 사랑받는다고 느낄 때

A. 남편이 집안일을 같이 할 때

  (설거지를 했을 때 아내의 표정을 보면 알 수 있음.)

집안일은

같이 하는 것임.

도와주는 게 아니라.

역할 분담은 가능하고
그게 효율적일 수 있음.

그러나 효율 이전에
늘 사랑을 생각하기.
그리고 사랑으로 집안일 하기.

좋아요

'좋아요'를 위해
사진을 찍는다.

묻는다.

"인생도 좋아요?"

가지꽂이

내가 키우고 있는 단정화의 비쭉 뻗어나간 가지를 한 군데 잘라 작은 화분에 옮겨 심었다. 가지를 잘라 심어도 뿌리가 생겨난다. 이걸 '가지꽂이'라고 한다.

사람도 마찬가지 아닐까.
인생을 몰라서, 혹은 삶의 갖은 풍파로 뿌리가 아예 없었거나 거의 없어졌다 하더라도 토대를 찾아 다시 심으면 뿌리가 생겨나고 자라난다. 이제 삶의 터전을 찾은 것이다.

그러므로 포기하면 안 된다. 뿌리는 언제든 생길 수 있다. 그리고 그 뿌리가 깊이 뿌리 내릴 절호의 찬스(chance: 어떠한 일을 하는 데 적절한 시기나 경우)가 우리에게 주어져 있다. 그것은 바로 지금 이 순간이다.

진리의 역설

'진리의 역설'을 이해하는 만큼 삶의 지혜가 있다고 말할 수 있을 것이다.

역설(逆說)
「1」어떤 주의나 주장에 반대되는 이론이나 말.
「2」『논리』일반적으로는 모순을 야기하지 아니하나 특정한 경우에 논리적 모순을 일으키는 논증. 모순을 일으키기는 하지만 그 속에 중요한 진리가 함축되어 있는 것으로 간주한다.

고난이 축복이 된다는 것을 깨닫기까지는 그 진리를 터득하기 위한 난관을 거쳐야 한다.

실로 '인간의 성장은 인생의 역설을 아느냐에 달려 있다'고

말해도 과언이 아닐 것이다.

비전의 노인
섬세한 곰
선생 같은 학생
반항적인 충견
어른 같은 어린이
부모 같은 자식
친근한 고양이
어린이 같은 어른
…….

어울리지 않는가?
미련해 보이는가?

그러나,
노인이 원대한 꿈을 꾸는 것이,
우직한 자가 꼼꼼하기까지 한 것이,
배우려는 자가 가르침도 준다는 것이,

충성을 하면서도 주체적인 것이,

어리지만 성숙한 면이 있다는 것이,

자식이지만 부모처럼 사랑을 줄 줄 안다는 것이,

시크하면서도 애정 어릴 수 있다는 것이,

나이 들면서 순수해지는 것이,

…….

어울리지 않는가?

미련해 보이는가?

인생의 마디가 늘어날수록 오히려 '역설적으로 살아야겠구나' 생각하게 된다.

'세상에는 어쩌면 우리가 익히 아는 것보다 더 많은 고정관념들이 존재할 수도 있겠다'라는 생각도 든다.

'그 수많은 고정관념을 깨는 힘은 다름 아닌 역설의 지혜로부터 나오는 것이 아닐까' 하는 '쓸모 있는 잡생각'을 잠시 해 보았다.

아이러니를
발견하며

곡식 있어도 먹일 자식 없고
자식 많으면 주릴까 걱정.
높은 벼슬아치는 영락없이 바보
영리한 자는 재능 써먹을 자리 없네.
집집마다 복을 다 갖춘 경우 드물고
지극한 도는 늘 쇠퇴하기 마련.
아비가 절약하면 자식은 방탕하고
아내가 지혜로우면 남편은 어리석으며,
달이 차면 구름이 끼기 일쑤
꽃이 피면 바람이 망쳐놓누나.
세상만사 죄다 이러한 걸
혼자 웃는 이유를 남은 모르지.

조선 후기 실학자 다산 정약용의 '독소(獨笑: 혼자 웃다)'라는 한시다. 전라도 강진으로 유배되었을 때 썼다. 1804년도다. 예나 지금이나 인생의 모순성은 그대로다.

사람과 삶, 세상의 아이러니를 발견하는 일은 흥미롭다. 발견(發見)을 통해 우리는 발전(發展)할 수 있기 때문이다.

모순과 부조화가 어느 지점에서, 왜 일어나고 있는지 알아야 우리는 모순과 부조화를 극복할 수 있다.

당신에게 사람과 삶, 세상의 아이러니는 무엇인가?

나는 올바른 순간에 잘못된 행동을 하는 것이 삶의 아이러니
중 하나라고 생각한다.

(I suppose that's one of the ironies of life doing the wrong thing at the
right moment.)

- 찰리 채플린(Charlie Chaplin)

우리가 살면서 가장 크게 영향을 끼치는 일,
운전
그 중요한 운전을 인생과 함께 통찰한
최초의 에세이
개인의 반성에서 시작해 사회의 변화를 도모하는
사회적 에세이

인생과 운전

정민규(루카스 제이) 지음

**"인생과 운전은 비슷한 면이
참 많구나"**

인생도 잘 살고 운전도 잘하고
싶은 사람을 위하여

이 책을 읽으면 좋은 사람

- 인생도 잘 살고, 운전도 잘하고 싶은 사람
- 운전은 오래 했지만 모범적이지 않은 사람
- 운전면허 시험에 합격한 사람
- 이제 막 연수나 운전을 시작한 사람
- 운전하면서 스트레스를 많이 받는 사람
- 급하게, 거칠게, 난폭하게 운전하는 사람
- 운전하면 사람이 달라진다는 사람
- 운전하면 입이 험해지는 사람

또또규리